D1389780

Markies Kattenpies

Carry Slee

Markies Kattenpies

Met tekeningen van Alice Hoogstad

Prometheus Kinderboeken

Eerste druk 1999
Derde druk 2003

ISBN 90 6494 069 X

© 1999 voor de tekst Carry Slee
© 2003 voor de illustraties Alice Hoogstad
© 2003 voor deze uitgave Prometheus Kinderboeken, Amsterdam
Omslagontwerp Nelleke van der Burg

www.prometheuskinderboeken.nl
www.carryslee.nl

Niets uit deze uitgave mag worden verveelvoudigd en/of openbaar gemaakt door middel van druk, fotokopie, microfilm of op welke wijze
ook, zonder voorafgaande schriftelijke toestemming van de uitgever.

Inhoud

Verboden voor honden

De wekker loopt af. Tigo wil zich nog eens lekker omdraaien, maar Joris, die altijd op het voeteneinde van zijn
bed slaapt, begint hem te likken.
'Ja, ik ben al wakker!' zegt Tigo gapend.
Joris komt aanlopen met Tigo's T-shirt in zijn bek.
'Domkop, ik moet me toch nog wassen?' Tigo rekt zich
uit, loopt naar de badkamer en stopt zijn hoofd onder de
kraan.
'Ben ik schoon?' Tigo kijkt zijn hond aan en als Joris
blaft, zegt hij: 'Mooi zo. Dan gaan we ontbijten.'
Zodra Tigo zijn kleren aanheeft, gaat Joris aan zijn
broekspijp hangen.
'Je hebt zin om te spelen.' En stoeiend gaan ze naar beneden.
Als Tigo een leren jack aan de kapstok ziet hangen, ver-
dwijnt zijn vrolijke humeur meteen. De vriend van zijn
moeder is alweer blijven slapen. Tigo denkt aan het gesprek met zijn moeder. Hij heeft beloofd geen ruzie
meer met Freek te maken, maar dat zal niet makkelijk
zijn. Freek bemoeit zich overal mee. En het ergste vindt
Tigo nog dat hij een hekel heeft aan dieren. Van Freek

moet Joris zelfs op de gang als ze eten. Als dat nou kwam doordat Joris bedelde, maar hij ligt altijd keurig in zijn mand.

Tigo haalt zijn schouders op; hij zal zijn best doen om aardig te zijn. Hij loopt de keuken in, haalt het pak hondenbrokken uit de kast en vult Joris' bak.

'Kom je aan tafel?' roept zijn moeder. 'Je ontbijt is klaar.'

'Goeiemorgen.' Als Tigo de kamer in komt, kijkt Freek op van zijn krant.

Tigo kijkt verbaasd naar de tafel. Zijn moeder heeft maar voor één persoon gedekt. 'Moeten jullie niet eten?'

'Wij hadden een heerlijk ontbijt op bed. Lief van Freek, hè?'

Tigo ziet de stralende blik in zijn moeders ogen. Reuze-lief, denkt hij. Freek probeert je alleen maar te lijmen. Tigo snapt niet dat zijn moeder het niet doorheeft. Nou ja, ze is tenminste wel weer vrolijk. Zolang Freek niet bij hen komt wonen, vindt hij het best.

'Wat ga je vandaag doen?' vraagt zijn moeder.

'Rutger komt straks, we gaan een nieuwe strip bedenken. We hebben al een plan.' Tigo vertelt maar niet dat de strip over Freek gaat. Omdat hij zo veel praatjes heeft, heet Freek in hun stripverhaal de Markies. Dat heeft Rutger bedacht.

'Krijgen jullie nou nooit genoeg van dat kinderachtige gedoe?' vraagt Freek.

Waar bemoei je je mee? denkt Tigo. Maar hij houdt zich in. 'Het is geen kinderachtig gedoe. Wij willen allebei striptekenaar worden. We nemen onze tekenspullen ook mee op vakantie.'

'Dan moeten jullie je strip wel in het Frans schrijven,'
zegt Freek.

Tigo kijkt verbaasd naar zijn moeder.

'Freek wil graag mee op vakantie,' zegt zijn moeder
gauw. 'Ik vind het een goed idee. Zo kunnen we elkaar
wat beter leren kennen. Maar jij moet het er natuurlijk
ook mee eens zijn.'

Tigo verslikt zich bijna bij het idee dat Freek meegaat.

'Vrienden van mij hebben een prachtige camping in de
Provence,' zegt Freek. 'Daar kunnen we naartoe.'

Tigo wil het niet voor zijn moeder verpesten. Het kan
hem ook niet zoveel schelen. Hij is toch met Rutger.

'Moet Joris dan worden ingeënt?' vraagt hij.

'Dat is waar ook.' Freek vouwt de krant op. 'Daar heb ik
helemaal niet aan gedacht. Op die camping mogen geen
honden. We zoeken wel een goeie kennel voor Joris.'

Wel ja, denkt Tigo, alsof jij dat even beslist. Maar hij
denkt aan de woorden van zijn moeder: Niet meteen ruziemaken.

'Er zijn ook campings waar Joris wel mag,' zegt Tigo zo
aardig mogelijk. 'Dan doen we dat toch?'

'Dankjewel,' zegt Freek. 'Ik ga niet tussen de hondendrol-
len kamperen.'

'Niet alle campings zitten vol honden,' zegt Tigo's moeder. 'We vinden wel een mooi plekje.'

'Ik héb een mooi plekje,' zegt Freek. 'Het ligt aan een
meer, midden tussen het groen. En mijn vrienden rekenen erop dat we komen. Waarom moet dat joch altijd zijn
zin hebben? Hij mag al een vriendje meenemen. Is dat
niet genoeg? Nee, meneer moet zijn hond ook mee. Nog
meer wensen? U zegt het maar!'

'Zo verwend is Tigo anders niet.'

'Is het nou zo erg om dat beest in een kennel te doen?' vraagt Freek.

Nu wordt Tigo kwaad. 'Dat beest... dat beest!' roept hij. 'Joris is niet zomaar een beest. Ik heb hem van mijn vader gekregen, hoor.' Tigo bijt op zijn lip. Hij wil niet huilen waar Freek bij is. Toen zijn vader te horen kreeg dat hij niet meer beter kon worden, hebben ze samen een hond uitgezocht. Ze hebben Joris nog nooit thuisgelaten. Hij mag altijd mee op vakantie. En nu moet hij van Freek zeker in een kennel.

'Jij hebt lekker niks over Joris te vertellen.' Tigo loopt weg en pakt de riem.

'Tigo!' Zijn moeder komt hem achterna. 'Wat had je nu beloofd?'

'Hij doet stom, hij wil alleen zijn eigen zin doordrijven. Kom, Joris!' Tigo loopt de deur uit en veegt een traan weg. Hij wilde dat zijn vader nog leefde. Die was tenminste niet zo bazig. Zijn vader zocht altijd naar een oplossing.

Tigo heeft geen zin om nog tegen die kop van Freek aan te kijken. Het liefst zou hij de hele dag wegblijven. Maar dat kan niet, want Rutger komt zo. Rutger zal het ook wel belachelijk vinden. Alleen het idee al dat Joris in een kennel zou moeten... Dat gaat mooi niet door.

Tigo had gehoopt dat Freek ondertussen weg zou zijn, maar als hij thuiskomt, hangt het leren jack nog aan de kapstok. Hij ziet ertegen op om naar binnen te gaan, maar gelukkig gaat Freek net naar boven.

Tigo loopt de kamer in en gaat naast zijn moeder op de bank zitten. 'Jij vindt Freek erg lief, hè?' vraagt hij. 'Je mag best met hem op vakantie. Dan gaan Joris en ik wel bij Rutger logeren. Dat vind ik helemaal niet erg. Maar ik wil Joris niet missen.'

'Kom eens even hier.' Moeder trekt Tigo naar zich toe.

'Dacht je nu echt dat ik zonder jou op vakantie ga? Ik mag dan verliefd op Freek zijn, maar jij bent het allerbelangrijkst voor mij. En daar komt niemand tussen, ook Freek niet. Zul je dat goed onthouden? Maak je maar niet ongerust, want Joris hoeft niet in een kennel. Ik heb er met Freek over gepraat en we zoeken een camping waar Joris wel mag.'

Dat had Tigo niet verwacht. Het valt hem echt mee. 'Ik zal proberen aardig te zijn.' Hij geeft zijn moeder een zoen en gaat naar zijn kamer. Als hij langs de werkkamer van zijn moeder komt, hoort hij Freek door de telefoon praten.

'Dus jullie kunnen geen uitzondering maken voor de hond? Kennels genoeg, ja, maar dat wil die jongen niet. Nee, Esmee gaat niet zonder haar zoon.' Het blijft even stil, maar dan gaat Freek verder: 'Nee, dat vertel ik haar niet. Het moet een verrassing blijven. Als ik haar meeneem naar die opera kan ik niet meer stuk bij Esmee. Het is haar lievelingsopera. Bestel twee kaarten voor me. Ik zorg er wel voor dat het doorgaat. Je kent me toch, ik verzin er wel wat op.'

Dus daarom wil hij per se naar die camping, denkt Tigo. Hij wil zijn moeder weer verrassen, de uitslover. Zulke verrassingen had zijn vader nooit. Maar je kon tenminste wel zien dat hij echt om haar gaf. Tigo ziet in gedachten voor zich hoe lief zijn vader naar zijn moeder kon kijken. Alles vond hij mooi aan haar. Ook de rode wijnvlek in haar hals. Tigo vindt dat het bij zijn moeder hoort. Maar sinds ze met Freek gaat, zit er een laag make-up op.

Markies Kattenpies

Tigo weet nog niet naar welke camping ze gaan. Freek moest plotseling voor zaken op reis. Tigo vond het wel gezellig om weer eens met zijn moeder alleen te zijn. Maar dat is nu afgelopen, want vandaag komt Freek thuis. Als Tigo de straat in komt rijden, ziet hij de witte Volvo staan. Tigo zucht. Hij dacht dat Freek pas vanavond kwam. Hij heeft geen zin om tegen dat verliefde gedoe aan te kijken. Maar als hij de kamer in loopt, zitten Freek en zijn moeder tegenover elkaar aan tafel. Ze zeggen niks en zijn moeder heeft rode ogen. Ze hebben vast ruzie gehad.
'Heb je vanmiddag iets te doen?' vraagt Tigo's moeder.
'Ja,' zegt Tigo. 'Rutger komt om twee uur. We gaan met zijn allen naar het landje.'
'Dat komt goed uit,' zegt zijn moeder. 'Freek gaat wat folders halen bij het reisbureau. Misschien wil je wel even mee.'
Dus daar ging de ruzie over, denkt Tigo. Freek wil geen andere camping zoeken.
'Spannend,' zegt Tigo. Zodra hij zijn brood op heeft, staat hij op. 'Zullen we dan nu gaan?' En hij pakt de riem.
'O nee,' zegt Freek. 'Joris gaat niet mee. Ik wil niet dat mijn auto onder de haren komt.'

13

'Je mag mijn auto wel nemen,' zegt Tigo's moeder.
'Ik moet dat gehijg niet in mijn nek.'
Voordat het weer op ruzie uitdraait, neemt Tigo's moeder de riem van Tigo over. 'Gaan jullie maar, ik maak wel
een wandelingetje met Joris door het park.'
Tigo denkt aan vroeger, toen hij wel eens met zijn vader
naar het reisbureau ging. Dat was altijd heel gezellig. Dan
mochten ze om de beurt zeggen waar de camping aan
moest voldoen. Maar Freek heeft er niet bepaald zin in.
Met een chagrijnig gezicht haalt hij zijn autosleutels uit
zijn zak en stapt in de auto.

Dat wordt gezellig, denkt Tigo als hij voorin gaat zitten. Freek geeft gas en scheurt de straat uit. Tigo begrijpt niet waarom Freek zo hard rijdt. Overal spelen kleine kinderen. Hij ziet een man met een hond lopen. De hond rukt zich los en schiet de weg over.

'Remmen!' Tigo kijkt naar Freek, maar die reageert niet.

'Remmen!' schreeuwt hij.

Net op tijd trapt Freek op de rem. Tigo ziet krijtwit, maar Freek begint te lachen. De baas van de hond komt geschrokken aan gerend. Hij grijpt zijn hond, lijnt hem aan en kijkt kwaad naar Freek.

Freek doet zijn raampje open. 'Is er iets?'

'Mijn hond lag er bijna onder,' zegt de man.

'Wat heb ik daarmee te maken? Houd dat stomme beest dan aan de lijn.' Freek geeft gas en rijdt weg.

Tigo is sprakeloos. Hij vraagt zich af of Freek had geremd als hij er niet naast had gezeten. Het laat hem maar niet los. Zou Freek echt zo gemeen zijn om een dier aan te rijden? 'Had je die hond nou aangereden?' vraagt hij.

'Ja, ik weet het wel,' zucht Freek. 'Als het om een dier gaat, doe je alles. Maar voor je moeder heb je niks over.'

'Wat nou?' vraagt Tigo.

'Laat maar.' Freek stopt voor het reisbureau. 'Haal de folders maar, ze liggen klaar.'

Jammer genoeg is het reisbureau tussen de middag gesloten. Het gaat pas over een kwartier open. Maar Freek heeft geen zin om te wachten, en hij rijdt zonder een woord te zeggen terug. Tigo vraagt zich af of hij het voorval met de hond aan zijn moeder zal vertellen. Misschien kan hij dat beter niet doen; dan krijgen ze alleen maar ruzie. Ze zal het toch al niet zo leuk vinden dat ze zonder folders thuiskomen. Hij is blij dat hij vanmiddag ergens anders heeft afgesproken.

Als Freek de straat in rijdt, zet Rutger net zijn fiets tegen het hek.

'Wat ben je vroeg,' zegt Tigo.

Rutger steekt zes vingers op. Tigo weet niet meteen wat zijn vriend ermee bedoelt. 'Ik dacht dat je vijf jaar was,' zegt hij plagerig.

De beide jongens schieten in de lach.

Tigo kijkt weer naar Rutgers vingers. Zes... Wat zes? 'Heb je Lizet soms zes zoentjes gegeven?'

Nu wordt Rutger rood. 'Pestkop.' Rutger durft Lizet niet eens aan te kijken.

'Weet je het nog steeds niet?' vraagt Rutger. 'Waar zit ik nou de hele tijd op te wachten?'

'Op verkering met Lizet,' zegt Tigo. Het is waar. Rutger heeft het vaak over Lizet. En over Siep die moet jongen. Ineens weet hij het. 'Siep heeft kleintjes gekregen.'

'Hè hè!' zegt Rutger. 'Gefeliciteerd. Siep heeft er zes. U hebt de eerste prijs gewonnen.' Lachend lopen ze naar binnen.

'Je moet Rutger feliciteren,' zegt Tigo. 'Siep heeft zes jonkies gekregen.'

'Heeft ze zes kleintjes?' vraagt moeder. 'Wat schattig.'

'Nog meer kattenpies,' zegt Freek. 'Alsof de tuinen al niet genoeg stinken.'

Tigo en Rutger kijken elkaar aan.

'Ik wil de poesjes zien,' zegt Tigo gauw. 'Hoeveel wilde je

16

er ook alweer, mam? Toch niet allezes, hè? Je moet er eentje overlaten voor Rutger.' En hij steekt zijn tong naar zijn moeder uit.

'Nee, niks ervan,' zegt zijn moeder. 'Wij hebben Joris en dat vind ik genoeg.'

'Weet je wat je moet doen?' zegt Tigo als ze buiten staan. 'Je moet vragen of Lizet komt kijken.'

'Dat ga ik niet doen, hoor,' zegt Rutger. 'Zo meteen wil ze niet en dan sta ik voor paal.'

'Ze vindt het hartstikke leuk.' Tigo haalt zijn fiets uit de schuur. 'Wie wil daar nou niet naar komen kijken?'

'Onze Markies.' Rutger moet weer lachen. 'Die denkt alleen maar aan kattenpies.'

'Markies Kattenpies,' zegt Tigo.

'Ja,' zegt Rutger. 'Zo noemen we onze strip. Markies Kattenpies…' Lachend rijden ze naar Rutgers huis.

Joppie

Tigo en Rutger hebben hard gewerkt en een week later is de strip al bijna klaar. 'Gaaf, hè? Markies Kattenpies wordt nog beroemd, wedden?' Tigo wil verder tekenen, maar Rutger trekt het potlood uit zijn hand.

'Stoppen, we moeten zo voetballen en jij moet je sporttas nog thuis ophalen.'

Tigo springt op. 'Ik zie je zo.' Hij loopt de trap af. In het voorbijgaan steekt hij nog even gauw zijn hoofd om de kamerdeur. Wat een lief gezicht is dat. Siep ligt met haar kleintjes in de verhuisdoos te slapen.

'Om drie uur ben ik op het veld,' zegt Tigo.

'Doe de groeten aan Markies Kattenpies,' zegt Rutger.

'Die is er niet,' zegt Tigo. 'Er lag een briefje op tafel dat Freek met een grote picknickmand voor de deur stond.'

'Gaan ze picknicken in het bos?' Rutger doet net alsof hij flauwvalt. 'Dat hij dat durft bij al die konijnenkeutels.'

'Nee,' lacht Tigo. 'Hij zit lekker onder een boom. En dan schijt er opeens een vogel op zijn kop.'

'Ja. Hij springt woedend overeind en rent de vogel achterna. En dan glijdt hij uit over een paardenvijg.'

'Dat gaan we morgen tekenen.' Tigo ziet het al helemaal

voor zich. 'Markies Kattenpies in het stinkbos. En dan…'

'Ga nou maar.' Rutger duwt zijn vriend naar buiten. 'Zo meteen ben je te laat.'

'Tot zo.' Tigo fietst weg.

Als hij de straat in komt, ziet hij zijn moeders auto staan. Ze zijn dus alweer thuis.

'Hoi.' Tigo loopt de kamer in. Als hij Freek ziet, denkt hij meteen aan Markies Kattenpies. Hij schiet bijna in de lach en kijkt vlug naar de tafel. Die ligt bezaaid met folders van campings. Zijn moeder houdt Freek een folder voor, maar het ziet er niet naar uit dat die erg geïnteresseerd is.

'Mogen hier wel honden?' vraagt Tigo.

Zijn moeder knikt.

Freek zucht. 'Zie je me hier zitten? De tenten staan boven op elkaar.'

'Deze lijkt me leuk, met dat zwembad,' zegt Tigo. 'En ze hebben ook een speeltuin.'

'Fantastisch. Als je van kermis houdt, zit je goed.' Tigo hoort aan zijn stem dat Freek er echt niet aan moet denken.

'En wat denk je hiervan?' vraagt Tigo's moeder. 'Die camping ligt bij een kasteel.'

'Gaaf!' Tigo kijkt naar Freek. Hij verwacht weer een vervelende opmerking. Maar Freek zegt helemaal niks. Hij draait aan zijn snor alsof hij heel diep nadenkt. Tigo en zijn moeder hebben net alle folders bekeken als Freek ineens opspringt.

'Dan moet het maar gebeuren.' En hij loopt naar Joris' mand.

'Wat moet gebeuren?' vraagt Tigo.

'Dat die bruine krullenkop en ik vrienden worden.' Freek aait Joris over zijn kop.

Tigo snapt er niks van. Is Freek gek geworden of zo?

'Ja, daar kijk je van op, hè?' zegt Freek. 'Maar over een poosje zitten we drie weken met elkaar opgescheept. Weet je wat mij nou een goed idee lijkt? Dat Joris en ik vanmiddag naar het strand gaan. Dan wennen we een beetje aan elkaar.'

'Ik kan niet vanmiddag,' zegt Tigo. 'Ik moet zo voetballen.'

'Dat is geen probleem,' zegt Freek. 'Wij redden het best zonder het baasje, hè, Joris? Eigenlijk is dat nog beter. Dan móeten we het samen rooien. Je vindt het toch wel goed?'

Dat weet Tigo zo net nog niet. Hij denkt aan het voorval met de auto. Aan zo iemand kan hij Joris toch niet meegeven?

Zijn moeder ziet dat hij aarzelt. 'Je moet Freek natuurlijk wel een kans geven.'

Freek doet in ieder geval zijn best, denkt Tigo. Alleen al het feit dat Joris in zijn auto mag... Tigo denkt aan zijn vader; die zou vast gezegd hebben dat hij het moest doen.

'Het hoeft niet,' zegt Freek. 'Maar ik ga de vakantie pas boeken als ik zeker weet dat het lukt tussen Joris en mij. Anders wordt het voor iedereen een vervelende tijd.'

Het is wel tof, denkt Tigo. Freek heeft een hekel aan dieren en toch wil hij vrienden met Joris worden. Hij doet het natuurlijk voor Esmee, maar dat betekent dat Freek om haar geeft.

En hoe zit het dan met hem? Hij weet hoe graag zijn moeder wil dat ze het samen kunnen vinden. Freek heeft de eerste stap gezet, nu kan hij niet achterblijven.

'Oké,' zegt Tigo. 'Maar je moet goed op hem letten.'

'Wat dacht jij nou?' Freek pakt de riem. 'Ga je mee, Joris?'

Joris kijkt naar Tigo. Pas als Tigo zegt dat het goed is, komt de hond zijn mand uit. Tigo loopt mee naar buiten. Als Joris in de auto springt, krijgt Tigo ineens spijt. Zal hij zeggen dat hij het niet wil? Nu kan het nog.

'Fijn, hè, dat die twee vrienden worden,' zegt Tigo's moeder.

Als Tigo ziet hoe blij ze is, wil hij haar niet teleurstellen. En een paar tellen later zwaait hij naar de witte Volvo die de straat uit rijdt.

Denise staat voor het raam van het asiel als er een witte Volvo aan komt rijden. Ze ziet dat een man met een snor en een leren jack de achterbak openmaakt en dat een bruine hond naar buiten springt.

Denise is vandaag voor het eerst in het asiel. Ze woont aan de andere kant van het land. Maar nu heeft ze vakantie en daarom logeert ze bij tante Fleur. Denise heeft zich heel erg op de logeerpartij verheugd. Haar tante heeft een pony en daar mag Denise 's avonds op rijden.

Overdag werkt Fleur in het asiel en dan helpt Denise haar. Het is voor Denise de eerste keer dat er een dier wordt gebracht. Ze vindt het spannend. 'Hallo,' zegt ze.

'Goeiemiddag,' zegt de man. 'Ik kom mijn hond brengen. Ik kan hem niet meer houden, want ik ben allergisch.'

'Wat naar.' Denise kijkt naar de hond. 'U zult hem wel missen. Hij ziet er zo lief uit.'

'Hou op, ik heb er nachten van wakker gelegen,' zegt de man. 'Ik ben dol op honden. Zo'n beslissing neem je niet zomaar, dat snap je wel.'

'Ik hoor dat u de hond komt afgeven?' Fleur neemt het gesprek over. 'Wat een pech, hè, beestje. Dat zal wel even wennen zijn. Hoe heet hij?'

'Jor… Joppie,' zegt de man.

'Heeft hij geen halsband?' vraagt Fleur.

'Die heb ik afgedaan,' zegt de man. 'Ik hou hem als aandenken.'

Fleur schrijft alle gegevens op, terwijl Denise goed toekijkt. Als er dan weer een dier wordt gebracht, weet ze wat er moet gebeuren.

'Nou, dan ga ik maar.' En de man loopt weg.

Denise is stomverbaasd. De man kijkt niet één keer om naar Joppie. En hij zei dat hij het zo erg vond dat hij weg moest! Hij vroeg niet eens of ze goed voor hem wilden zorgen en of ze snel een huisje voor hem wilden zoeken.

'Raar, hè?' zegt Denise als de man buiten is. 'Hij loopt zomaar weg.'

Fleur haalt haar schouders op. 'Daar wen je wel aan.'

Wat zijn grote mensen toch vreemd, denkt Denise. Hoe kan Fleur dat nou zeggen? Ze weet zeker dat ze hier nooit aan went.

'Je moet het beestje maar eerst op zijn gemak stellen,' zegt Fleur. 'Hij is veel te onrustig om hem meteen op te sluiten, dan raakt hij overstuur.'

'Joppie, kom!' Denise neemt de hond mee naar de bin-
nenplaats.

'Pak, Joppie!' Ze gooit een bal weg, maar Joppie gaat er
niet achteraan.

'Joppie, kom dan!' Denise doet haar armen open. Maar
Joppie reageert niet.

'Hoe gaat het?' Fleur steekt haar hoofd om de deur.

'Hij wil niet spelen,' zegt Denise.

'Hij is in de war,' zegt Fleur. 'Hij voelt dat hij is achtergelaten.'

Denise legt een hondenkoekje op haar hand, maar Joppie ruikt er niet eens aan.

'Stop hem maar in zijn hok,' zegt Fleur. 'Morgen gaat het misschien wat beter.'

Denise neemt de hond mee naar binnen. Ze komt door een gang vol hokken. De honden denken dat ze eten krijgen en beginnen door elkaar te blaffen.

'Hier is een nieuw vriendje.' En Denise doet het middelste hok open.

Ze had gedacht dat het leuk was als er een hond binnen werd gebracht, maar het is helemaal niet leuk.

Joppie ziet er zo zielig uit. Hij gaat in een hoekje van het hok liggen.

'Kom maar, Joppie!' Denise steekt haar hand door de tralies. Maar Joppie stopt zijn kop tussen zijn pootjes en jankt zachtjes.

De rest van de middag zit Denise voor het hok. Ze merkt niet eens dat haar tante achter haar komt staan.

'Het is genoeg voor vandaag, we gaan naar huis,' zegt Fleur.

Denise kijkt haar tante verontwaardigd aan. 'We kunnen toch niet weggaan? Moet je zien hoe verdrietig Joppie is.'

Fleur begint te lachen. 'Wat wil jij dan? Dat we de hele nacht bij het hok blijven zitten?'

Nu wordt Denise boos. 'Kan het je dan niks schelen?'

'Natuurlijk wel,' zegt Fleur. 'Maar Bles is er ook nog. Die wil eten en hij wacht tot jij hem komt halen voor een ritje. Kom nou maar mee. Als je morgen terugkomt, is Joppie helemaal gewend.'

'Echt waar?' vraagt Denise.

Pas als Fleur knikt, staat Denise op. Ze geeft een kusje op haar hand en blaast het naar Joppie. 'Tot morgen.'

Het ongeluk

Tigo kijkt naar de scheidsrechter. Gelukkig, hij fluit. Ze hebben met drie-nul gewonnen.

'Wat was jij goed,' zegt Ad. 'Je hebt drie doelpunten gemaakt.' Pieter geeft Tigo ook een schouderklopje.

Tigo was inderdaad in vorm. Dat komt doordat hij zo blij is dat het waarschijnlijk toch nog goed komt tussen Freek en hem.

'Heb je gezien wie daar staat?' Rutger wijst naar het veld.

'Lizet.' Tigo begint te lachen. 'Nu weet ik waarom jij zo dromerig rondloopt. Zal ik een afspraakje voor je regelen?'

Rutger wordt rood. 'Dat durf je toch niet.'

'O nee?' Vandaag durft Tigo alles. Hij stapt op Lizet af. 'Jij bent toch zo dol op poezen?'

'Ja,' zegt Lizet.

'Dan moet je met Rutger meegaan. Zijn poes Siep heeft gejongd. Ze heeft zes kleine poesjes.'

'Mag ik ze zien?' vraagt Lizet.

Dat is geregeld, denkt Tigo, en hij loopt weg.

'Ga je niet mee?' vraagt Rutger.

'Nee. Ik moet weten hoe Freek en Joris het hebben gehad.' Tigo rent lachend het veld af.

Tigo fluit als hij door het tuinhek komt. Hij kijkt naar het raam, maar Joris staat er niet. De tuindeur gaat open en niet Joris, maar zijn moeder komt hem tegemoet. Ze ziet spierwit.

'Ik moet je iets vertellen,' zegt zijn moeder. Tigo loopt achter haar aan de kamer in. Hij weet al wat ze wil zeggen. Het is vanmiddag helemaal misgegaan tussen Freek en Joris en daardoor gaat de vakantie niet door.

'Waar is Joris?' vraagt Tigo.

'Ga eerst even zitten.' Zijn moeder duwt Tigo op een stoel. Tigo schrikt. Drie jaar geleden, toen ze had gehoord dat Tigo's vader niet meer beter kon worden, keek ze ook zo. Ineens wordt hij bang. 'Wat is er met Joris?'

Zijn moeder begint te huilen. 'Ik vind het zo erg voor je...'

'Ik had mijn auto op de boulevard geparkeerd,' zegt Freek. 'Ik deed de achterbak open en toen rende Joris de weg over.'

'Nee...' Tigo voelt de kleur uit zijn gezicht wegtrekken. 'En toen...'

'Er kwam een vrachtwagen aan,' zegt Freek. 'Ik hoorde een klap en die klap was Joris.'

'Wat zei de dierenarts? Kan hij nog beter worden? Wat heeft hij. Ik moet naar hem toe.' Tigo rent al naar de deur.

'Tigo!' roept zijn moeder. 'Joris is niet bij de dierenarts. Hij is... hij is dood.'

'Wát...?' Tigo heeft het gevoel alsof alles om hem heen begint te draaien. 'Nee!' gilt hij. 'Je vergist je.' Hij rent naar Freek toe en schudt aan zijn arm. 'Zeg dat het niet waar is... Toe, zeg het...'

Tigo's moeder slaat een arm om Tigo heen. 'Het is wel waar, lieverd.'

28

'Waar is hij?' vraagt Tigo. 'Ik wil hem zien. Ik wil bij hem zijn.'

Tigo ziet dat Freek schrikt. 'Nee, eh… dat gaat niet. Je kunt onmogelijk naar hem toe. Dat helpt je echt niet over je verdriet heen.'

'Toch wil ik hem zien,' zegt Tigo.

'Wees nou verstandig,' zegt zijn moeder. 'Freek zegt het niet voor niks. Het is veel beter als je Joris in je hoofd houdt zoals hij was.'

Tigo knikt. Misschien heeft zijn moeder wel gelijk en wordt hij alleen maar nog verdrietiger.

'Maar ik wil precies weten hoe het is gegaan,' zegt Tigo.

'Dat heb ik toch al verteld.' Freek draait aan zijn snor.

'Ik vind het wel raar,' zegt Tigo. 'Joris rende nooit zomaar de weg over.'

'Het was ook niet zomaar,' zegt Freek. 'Er, eh… er stond een kat aan de overkant. Je weet hoe honden zijn; zodra ze een kat zien worden ze wild. Joris sprong blaffend uit de auto en schoot als een briesende leeuw naar de overkant.'

Vreemd, denkt Tigo. Joris is nog nooit een kat achternagegaan. 'En toen? Wat gebeurde er toen?'

'Toen kwam die vrachtwagen,' zegt Freek. 'En de rest weet je. Ik ga even een luchtje scheppen.'

'Waarom loopt Freek nou weg?' vraagt Tigo.

'Omdat hij het moeilijk vindt om te vertellen,' zegt zijn moeder. 'Hij is heel erg geschrokken en voelt zich schuldig.'

Tigo heeft er niks van gemerkt dat Freek zich schuldig voelt. Hij denkt aan zijn vader. Zijn vader zou hem troos-

ten en als hij weer kalm was, zou hij hem meenemen
naar de plek van het ongeluk. Op die plek zou zijn vader
zijn hand pakken en hij zou hem rustig vertellen hoe het
was gegaan. Hij zou al Tigo's vragen beantwoorden, zonder ongeduldig te worden.
Tigo slaat zijn handen voor zijn gezicht. Nu komt hij er
misschien nooit achter waarom Joris de weg over is gerend. Volgens Freek ging hij achter een kat aan. Maar dat
kan toch niet?

Joppie heeft heimwee

Het is zaterdag. Denise hoeft niet naar het asiel, want oom Hugo is thuis. Denise mag de hele dag op Bles rijden. Jammer genoeg kan ze niet van haar vrije dag genieten. Ze moet de hele rit aan Joppie denken.

Als Bles bij het ven gaat drinken, slaat ze een arm om hem heen. 'Met jou gaat het gelukkig goed. Jij drinkt en eet. Maar jou hebben ze niet weggedaan, Joppie wel. Die zit al drie dagen in een hok. Hij wil niet spelen en hij eet ook niet. Zielig, hè?'

Denise voelt dat ze Joppie moet helpen, maar hoe? Ineens heeft ze een plan. Ze geeft Bles een suikerklontje. 'Jij wilt toch ook dat Joppie weer vrolijk wordt? Ik ook, maar dan moet ik jou naar huis brengen. Dat vind je niet erg, hè? Dan gaan we vanavond een extra grote rit maken.'

Zodra Denise Bles in het weitje heeft gezet, stapt ze op haar fiets.

Fleur kijkt verbaasd op als Denise een tijdje later het asiel binnen komt. 'Wat kom jij nou doen?'

'Ik weet waarom Joppie niet eet,' zegt Denise. 'Hij kan er niet tegen dat hij opgesloten zit.'

'Daar kun je best gelijk in hebben. Maar ben je daar dat hele eind voor komen fietsen?' Fleur snapt er niks van.

'Nee,' zegt Denise eigenwijs. 'Ik ga een wandeling met Joppie maken. Dan wordt hij weer vrolijk.'

'Dat mag niet,' zegt Fleur. 'Je bent nog te jong om met de hond buiten het asiel te gaan.'

Zoiets geks kunnen alleen grote mensen bedenken, denkt Denise. Zelf laten ze Joppie gewoon wegkwijnen en als zij hem wil redden, mag het niet.

'Ik kan het heus wel,' zegt Denise.

'Daar twijfel ik niet aan,' zegt Fleur. 'Maar ik mag het niet toestaan.'

O, als dat het is. Daar weet Denise wel wat op. 'Jij gaat door met je werk en ik ontvoer Joppie. Je hebt niks gezien, goed?'

Fleur kijkt haar nicht aan. 'Je bent me er wel een,' zegt ze. 'Nou, neem Joppie maar mee.'

'Ik wist wel dat het mocht.' Denise valt Fleur om de hals. Ze pakt de riem en gaat de deur door naar de kennel.

De honden kennen Denise al. Als ze langsloopt, gaan ze kwispelend tegen de tralies staan. Denise geeft ze om de beurt een aai. 'Jullie zijn ook lief, maar nu moet ik voor Joppie zorgen.'

Als ze bij het hok komt, gaat het al net als de dagen ervoor. Joppies oren gaan omhoog, maar hij blijft gewoon liggen.

'Joppie toch…' Denise aait hem over zijn rug. 'Het komt heus wel goed met jou, hoor. Ik heb al helemaal bedacht wat we gaan doen. We gaan naar het park. En kijk eens wat ik hier heb?' Denise haalt een muntje van twee euro uit haar zak. 'Daarvan gaan we lekker hart voor jou kopen. Dat lust je vast wel.'

Denise doet de riem om en neemt de hond mee. Als ze door het hek zijn, kijkt ze vol spanning naar het hondenstaartje. Ze hoopt zo dat Joppie blij wordt van de buitenlucht, maar hij kwispelt niet.

'Dit is toch beter dan in het hok?' Ze neemt het hondenkopje tussen haar handen. Maar dan schrikt ze. 'Wat kijk

je verdrietig! Je kunt niet zonder je baasje, hè?' Denise moet er zelf bijna van huilen.

Tigo mist Joris iedere dag nog verschrikkelijk. Gelukkig is zijn moeder heel lief voor hem. En aan Rutger heeft hij ook veel steun. Hij mag steeds over Joris praten en ze hebben samen Joris' lievelingswandeling gemaakt. Nu wacht hij ook op Rutger. Ze gaan naar de boulevard. Tigo hoopt dat hij dan iets meer over het ongeluk te weten komt.

Rutger denkt dat ze de plek van het ongeluk wel zullen herkennen aan de remsporen op de weg. Ze hopen dat iemand in de buurt het ongeluk heeft gezien en er iets over kan vertellen, want van Freek krijgt Tigo niks te horen.

Als Tigo beneden komt, kijkt zijn moeder hem bezorgd aan.

'Het is maar goed dat we gauw op vakantie gaan, dan heb je tenminste wat afleiding.'

'Nou, en of je afleiding krijgt,' zegt Freek. 'We huren een roeiboot en dan kun je de hele dag roeien op het meer.'

'We gaan toch naar die camping met dat zwembad?' vraagt Tigo.

'Nee, naar die kermis hoeven we nu gelukkig niet,' zegt Freek. 'Nu Joris toch niet mee kan, gaan we lekker naar mijn vrienden.'

Tigo kan niet tegen de botte manier waarop Freek het zegt. 'Daar hoef je heus niet zo blij om te zijn. Ik had veel liever dat Joris er nog was.'

'Nu wordt hij mooi,' zegt Freek. 'Mag ik misschien zelf beslissen wanneer ik blij ben?'

Tigo wordt rood van woede. Hij rent de trap op en schreeuwt: 'Het is jouw schuld dat Joris er niet meer is!' Hij gooit de deur van zijn kamer achter zich dicht en draait hem op slot.

Een tijdje later hoort hij zijn moeder de trap op komen.

'Tigo, doe open.'

'Nee.'

'Tigo, alsjeblieft.'

Tigo zucht. Hij kan zijn moeder daar niet laten staan. 'Als je maar weet dat ik niks zeg.' En hij draait de sleutel om.

'Dat hoeft ook niet. Ik wil je iets vertellen.' Tigo's moeder gaat naast hem op bed zitten. 'Freek bedoelt het niet zo. Hij vindt het zelf ook erg wat er met Joris is gebeurd.'

'Helemaal niet,' zegt Tigo. 'Hij is juist blij dat hij nu naar zijn vrienden kan.'

'Luister…' Zijn moeder slaat een arm om hem heen.

'Nee.' Tigo rukt zich los. 'Jij wilt alleen maar dat ik Freek aardig vind. Maar ik vind hem niet aardig. Ik haat hem.'

'Hij is soms een beetje bot,' zegt zijn moeder. 'Maar voor mij is hij lief.'

'Voor mij niet,' zegt Tigo. 'En voor Joris was hij ook niet lief. Het is zíjn schuld dat Joris dood is en het kan hem niks schelen. Dat is nog het gemeenst. Ook tegenover papa. Weet je nog dat papa en ik Joris gingen halen?'

Tigo's moeder knikt. 'Dacht je dat ik dat kon vergeten? Toen jullie thuiskwamen, hebben jullie mij heel erg in de maling genomen.'

Tigo moet bij de gedachte eraan weer lachen. Het was ook wel een goeie mop. Zijn vader zei dat het een heel grote hond was geworden. Een waakhond die hen zou beschermen als hij er niet meer was. Dat de hond gebracht zou worden, omdat hij niet in de auto paste.

Zijn moeder schrok heel erg. En toen haalde Tigo een puppy uit de schuur. Zijn moeder kon altijd goed om de grappen van zijn vader lachen. 'Ik krijg jullie nog wel,' zei ze. 'Voor straf bak ik een cake.'

'En dan eten wij hem voor straf op,' zei zijn vader.

Tigo slikt een paar keer. 'Nu zijn ze er alletwee niet meer, papa en Joris.'

Zijn moeder knijpt in zijn hand. 'Ik zal tegen Freek zeggen dat hij voorzichtiger moet zijn.'

Dat kan die Markies Kattenpies toch niet, denkt Tigo.

Nog geen vijf minuten later hoort hij geschreeuw beneden en de voordeur valt met een klap dicht. Tigo rent naar het raam, net op tijd om Freek te zien wegrijden. Hij denkt aan de woorden van zijn vader: 'Ik hoop dat er op een dag iemand komt van wie mama weer gaat houden. Als dat zo is, moet jij ook je best doen om aardig te zijn.'

Tigo had dat toen beloofd en nu heeft hij Freek weggejaagd. Als hij beneden komt, ziet hij dat zijn moeder heeft gehuild.

'Ik wil niet dat jullie ruzie om mij maken,' zegt hij. 'Ik wil echt mijn best doen om Freek aardig te vinden.'

'Sst...' Tigo's moeder legt haar vingers op zijn lippen. 'Je doet ook je best, dat weet ik. Maar soms gaan de dingen toch mis, ook al doe je nog zo je best. Weet je nog hoe papa zijn best deed om beter te worden?'

Tigo slaat een arm om zijn moeder heen. En dan moeten ze allebei huilen. Tigo vindt het fijn dat ze zo dicht bij elkaar zijn. Want zijn moeder huilt niet om Freek, ze huilt om zijn vader, dat weet hij heus wel.

De halsband

'Tigo!' roept zijn moeder even later van beneden. 'Rutger aan de telefoon.'

Die is vroeg op, denkt Tigo. Dat is niks voor Rutger. Hij hoort meteen aan Rutgers stem dat er iets is.

'Ons plan kan niet doorgaan,' zegt Rutger. 'Mijn ouders hebben ineens bedacht om naar mijn tante te gaan en ik moet mee. Ik heb al ruziegemaakt, maar het helpt niks. Zullen we morgen naar de boulevard gaan?'

Maar zo lang kan Tigo niet wachten. Hij móet naar de plek van het ongeluk.

'Nee, dan ga ik alleen. Je hoort het vanavond wel.'

Tof van Rutger, denkt Tigo als hij de hoorn neerlegt. Nu heeft hij nog ruziegemaakt ook. Alleen maar om hem. Eigenlijk moet hij wachten tot morgen. Maar Tigo wil zo graag iets meer van het ongeluk te weten komen dat hij toch op zijn fiets stapt.

Als hij halverwege de straat is, komen Ad en Pieter eraan. Tigo kijkt verbaasd naar zijn clubgenoten. Wat komen die nou doen? Hij hoeft toch niet te voetballen?

'We hebben wat voor je,' zegt Ad.

'Ja, onze bal rolde ginds de bosjes in en daar vonden we

dit.' Pieter haalt een halsband uit zijn zak.

Tigo wordt spierwit. 'Dat is...' Voor de zekerheid bekijkt hij de penning. Ja hoor, Joris' naam staat erop.

'We wisten wel dat je zou schrikken,' zegt Ad, 'maar we wilden hem toch aan je geven.'

'Stom, hè, dat wij je nu weer aan Joris herinneren,' zegt Pieter.

Dat is het niet, denkt Tigo. Er is iets wat hij niet snapt. Joris is bij het strand doodgereden. Hoe komt zijn halsband dan hier in de bosjes? Maar als hij even later verder fietst, weet hij het ineens. Freek heeft de riem na het ongeluk vast afgedaan, omdat hij hem als aandenken wilde geven. Maar toen heeft hij hem toch weggegooid omdat hij bang was dat Tigo er alleen maar verdrietiger van zou worden.

Bij het stoplicht haalt Tigo de halsband uit zijn zak. Ik gooi hem nooit weg, denkt hij. Joris was er zo trots op. Hij had hem al heel lang en moet je zien hoe mooi hij er nog uitziet. Ineens gaat er een schok door Tigo heen. Hoe kan dat eigenlijk? Hoe kan die halsband er nog zo gaaf uitzien? Joris is toch onder een vrachtwagen gekomen? Er zit niet één bloedspatje op. Tigo denkt aan het verhaal van de kat. Dat vond hij al zo vreemd en nu klopt dit ook weer niet. Is Joris wel doodgereden? Tigo bedenkt zich geen seconde. Dit moet hij uitzoeken. De politie kan hem vast wel vertellen of er woensdagmiddag een hond is aangereden. Zo hard als hij kan racet hij de straat uit. Nog geen tien minuten later holt hij hijgend het politiebureau in.

'Wat kan ik voor je doen?' vraagt de agent achter de balie.

'Ik, eh…' begint Tigo. 'Weet u ook of er woensdagmiddag bij zee een hond is aangereden?'

'Sorry,' zegt de agent, 'dat kan ik niet nagaan. Er worden zo veel dieren aangereden. Als de politie zich daarmee bezig moet houden…'

'Jammer.' Tigo wil al weglopen.

'Was het jouw hond?' vraagt de agent.

Tigo knikt. 'Ze zeggen dat hij is doodgereden.' Hij slikt een paar keer om zijn tranen weg te werken.

'O, maar dat kan ik wel nazien,' zegt de agent. Hij zoekt in de computer. 'Dit zijn de gegevens van de gemeente. Als er een kadaver is binnengebracht, moet het hierbij staan.'

Vol spanning kijkt Tigo naar de agent.

'Nee, jongen, ik zie niks. De hele week is er geen kadaver van een hond binnengebracht. Wel van een poes.'

Tigo kan zijn oren niet geloven. 'Weet u het zeker?'

'Ja, heel zeker,' zegt de agent. 'Alle gegevens staan in de computer. Misschien is je hond weggelopen. Ben je al bij het asiel geweest?'

'Nee,' zegt Tigo. 'Ik dacht dat hij dood was.'

'Dan zou ik maar gauw gaan kijken,' zegt de agent. 'Weet je waar het is?'

Tigo knikt.

'Wie weet zit je hond daar op je te wachten. Succes.' En de agent gaat door met zijn werk.

Terwijl Tigo naar het asiel rijdt, loopt Denise met Joppie door het park. Ze heeft er toch te makkelijk over gedacht. Ze is al een halfuur met Joppie onderweg, maar er verandert niks. Hij heeft niet eens van het hart gegeten terwijl hij toch heel erge honger moet hebben. 'Kijk eens wat een leuk hondje daar aankomt,' spoort Denise Joppie aan. 'Ga eens lekker spelen.' Maar Joppie blijft staan.

'Laat maar, Okkie,' zegt de vrouw. 'Dat hondje wil niet spelen. Zo te zien is hij ziek.'

'Hij is verdrietig. Zijn baasje heeft hem weggedaan en nu zit hij in het asiel.'

'Arm beestje.' De vrouw aait Joppie. 'Dat is toch ook vreselijk. En je ziet er zo lief uit. Ik zou je zo mee willen nemen, maar dat kan niet. Okkie laat geen andere hond toe.'

'Hij wil ook niet eten,' zegt Denise.

'Ik denk dat je zo snel mogelijk een nieuw huis voor hem moet zoeken,' zegt de vrouw. 'Dag, hoor.' En ze loopt door.

'Natuurlijk moet jij heel snel een nieuw huis hebben, hè?' zegt Denise. 'Maar volgende week komt er pas een advertentie in de krant. Voordat iemand je dan ophaalt…' Denise kijkt naar Joppie. In die paar dagen is hij al een stuk magerder geworden. 'Ik kan zo je botten voelen,' zegt ze. 'Dat red je nooit. Wat moeten we nou? We kunnen toch niet wachten tot iemand je ophaalt? Misschien is het dan al te laat.' Denise streelt Joppies kopje. Ze heeft helemaal geen zin om te wachten tot dat slome asiel een advertentie heeft geplaatst. 'We gaan samen een nieuw baasje voor jou zoeken, goed?' Met Joppie aan de riem

loopt ze door het park. Voor haar loopt een man. Zou dat een lief baasje voor Joppie zijn? Denise haalt de man in.
'Meneer…'
'Ja, zeg het maar gauw,' zegt de man. 'Ik heb haast.'
Help, denkt Denise, dat is geen goed baasje voor Joppie. Die man heeft niet eens tijd om hem uit te laten. 'Weet u hoe laat het is?' vraagt ze gauw.
'Elf uur,' zegt de man en hij loopt door.
'Dat lijkt me een lief baasje.' Denise wijst naar de zandbak. Er zit een moeder met twee kleuters. Ze stapt op de vrouw af. 'Dag mevrouw, ik wil u iets vragen. Houdt u van honden?'
'O ja,' zegt de vrouw.
Mooi zo, denkt Denise.
'En de kinderen zijn ook dol op honden,' zegt de vrouw. Zodra ze Joppie ontdekken, rennen ze naar hem toe.

'Ik zoek een huisje voor deze hond.' En Denise vertelt waarom Joppie zo verdrietig is.

'Je overvalt me wel,' zegt de vrouw. 'Toevallig hebben we het over een hond gehad, maar we wilden nog een poosje wachten tot de kinderen iets groter zijn.'

'U zou Joppie ermee redden,' zegt Denise.

'Ik begrijp het,' zegt de vrouw. 'Maar ik moet dit toch eerst met mijn man bespreken.'

'Als u Joppie wilt hebben kunt u naar het asiel bellen. Vraagt u maar naar Denise.'

'Ik denk erover na,' zegt de vrouw. 'Die dieren in het asiel hebben maar geluk met jou.'

Denise knikt. 'Ik wil later dierenarts worden.' Ze kijkt naar Joppie. 'Wij gaan nog een eindje lopen, misschien krijg je dan trek.' Denise geeft de vrouw een hand en loopt door.

Ontsnapt

Voor het asiel zet Tigo met trillende vingers zijn fiets op slot. Het is ook zo spannend. Stel je voor dat Joris echt in het asiel zit. Tigo durft het niet te geloven. Hij kijkt naar de deur van het asiel die een stukje openstaat. Over een paar minuten heeft hij Joris misschien terug. Of niet. Tigo haalt diep adem en duwt de deur verder open.

Achter de balie staat een vrouw te telefoneren. Zo te zien kan het nog wel even duren. Waarom zou hij wachten? Hij weet waar de hondenhokken zijn. Tigo draait zich om en loopt een gang in. Zijn hart bonkt als hij bij de hokken komt.

'Joris!' roept hij. 'Joris.' Van de spanning slaat zijn stem over. Tigo kijkt in het voorste hok. Hij ziet twee honden, maar Joris is er niet bij. Bij elk hok waar hij langskomt, heeft hij hoop. Tigo telt de hokken. Hij heeft er al drie gehad. Er zijn er nog vier over. Hij heeft nog vier kansen.

'Joris!' Hij kijkt het volgende hok in, maar dat is leeg. Nog drie... Tigo begint te duimen. Maar ook in de twee volgende hokken zit Joris niet. Er is nog één hok over. Tigo durft bijna niet naar binnen te kijken, en wendt zijn gezicht af. Hij hoort geblaf. Een hoge blaf. Het geblaf lijkt op dat van Joris. Tigo knijpt in zijn handen. Nu! zegt hij bij zichzelf. Hij kijkt het hok in en… het is Joris niet. Tigo wil het niet geloven. Heeft hij wel goed gekeken? Voor de zekerheid inspecteert hij nog een keer alle hokken, maar ook nu ziet hij Joris niet.

Tigo voelt de tranen in zijn ogen springen. Joris zit niet in het asiel. Diepbedroefd gaat hij de deur door. Hij is ervan overtuigd dat Joris dood is. Er klopt niks van die gegevens in de computer. Ze hebben woensdagmiddag wél een hond opgeruimd.

Ineens blijft Tigo staan. Wacht eens even… Er is nog hoop. Misschien heeft iemand Joris opgehaald. Dat is het natuurlijk. Zo'n lief hondje als Joris wil iedereen wel hebben. Maar dat mochten ze willen, denkt Tigo. Waar Joris ook is geplaatst, ik haal hem terug. Maar kan dat eigenlijk wel? De mensen die Joris gekocht hebben, willen hem misschien niet teruggeven.

Bij de gedachte alleen al wordt Tigo kwaad. Wat nou, denkt hij. Ze zullen wel moeten, anders ontvoer ik Joris. Het is míjn hond.

Tigo zucht. Als iemand Joris meegenomen heeft, leeft hij tenminste nog. Hij is zo in gedachten dat hij niet eens merkt dat Fleur voor hem staat.

'Kan ik je helpen?' vraagt ze.

'Eh… wat?' Tigo kijkt verward op.

'Ik vroeg of ik iets voor je kon doen.'

Tigo wordt rood. Hij durft het bijna niet te vragen. 'Is, eh… is er deze week soms een hond opgehaald?' vraagt hij.

Vol spanning kijkt hij Fleur aan. Zeg ja, alsjeblieft, zeg dat iemand Joris heeft meegenomen... Maar Fleur schudt haar hoofd. 'Was het maar waar,' zegt ze. 'Zo vlak voor de vakantie worden er eigenlijk nooit dieren opgehaald. De mensen komen alleen maar dieren brengen. Alle hokken zitten vol. Gistermiddag kwamen er twee poezen binnen en...'

Tigo luistert al niet meer. Dus niet, denkt hij. Joris is niet aan iemand meegegeven. 'Dank u wel.' Zonder nog iets te zeggen loopt hij het asiel uit.

Buiten begint hij ineens te huilen. Hij had zo gehoopt dat de vrouw goed nieuws voor hem had. Hij stapt op zijn fiets en rijdt naar de boulevard.

Denise loopt met Joppie door het park. 'Wil je echt niks eten?' Voor de zoveelste keer houdt ze Joppie een stuk hart voor, maar de hond draait zijn kop weg.

'Mag hij even spelen?' vraagt een vrouw. Ze heeft een puppy aan de lijn. Het beestje springt tegen Joppie op. Joppie snuffelt aan de pup. Het lijkt erop dat hij de aandacht wel leuk vindt.

'Zo kun je niet spelen, hè? Zal ik je maar even losdoen?' Denise is zo blij dat Joppie wat vrolijker wordt. 'Kom maar hier.' En ze doet de riem af.

Maar Joppie gaat helemaal niet spelen. Hij stuift er meteen vandoor.

'Joppie!' schreeuwt Denise verschrikt. 'Joppie, kom terug!' Ze holt achter hem aan, maar de afstand wordt steeds groter. En als ze bij de uitgang van het park is, is Joppie al niet meer te zien.

Denise staat met de riem in haar hand. Wat moet ze tegen Fleur vertellen? Ze tuurt de straat door. Misschien bedenkt Joppie zich wel.

Denise loopt al een uur door het park heen en weer en nog steeds is er geen spoor van Joppie te bekennen. Echt weer iets voor mij, denkt Denise. Ik moest Joppie zo nodig opvrolijken. Nu is hij ervandoor. Ik had beter bij Bles kunnen blijven.

Ten slotte gaat ze terug naar het asiel.

Fleur schrikt als Denise zonder hond binnenkomt. 'Hij is toch niet weg?' vraagt ze.

Denise knikt schuldig. 'Ik wou hem even laten spelen.'

Fleur schudt haar hoofd. 'Ik had hem niet moeten meegeven.'

Ja, ik ben nog te klein, nou goed, denkt Denise. Alsof dat er iets mee te maken heeft. Ik zou Joppie altijd hebben laten spelen, al was ik tachtig.

'Waarom heb je hem niet geroepen?' vraagt Fleur.

'Dat deed ik,' zegt Denise. 'Maar hij bleef rennen.'

'Dan weet ik het al,' zegt Fleur. 'Die is terug naar zijn baas. Wedden dat die man straks opbelt dat zijn hond voor de deur staat?'

'Als hij maar niet onder een auto komt. Het is zo'n lief beestje. Ik ben zo bang dat hij een ongeluk krijgt…' Ineens voelt Denise hoezeer ze al aan Joppie gehecht is, en ze begint te huilen.

'Het heeft geen zin om je overstuur te maken,' zegt Fleur. 'Je kunt er nu toch niks aan doen.'

'Ik kan naar het huis van zijn baas gaan,' zegt Denise.

Fleur kijkt in het boek. 'Dat is helemaal aan de andere kant van het spoor. Nee, Denise, dat wil ik niet. Zo meteen gebeuren er nog meer ongelukken. Ik wil dat je hier blijft.'

Denise gaat naast de telefoon zitten. Als er dan wordt gebeld, hoort ze het meteen.

'Daar zul je hem hebben!' Bij het eerste gerinkel neemt Denise de hoorn al op. Jammer genoeg gaat het gesprek niet over Joppie. En het volgende telefoontje ook niet. Het asiel gaat al bijna dicht als ze nog steeds niets van Joppie hebben gehoord.

'Ik denk dat ik toch maar de politie bel,' zegt Fleur. 'En straks rijd ik zelf wel even langs het huis van Joppies oude baas.'

Wat nou 'ik'? denkt Denise. Fleur doet net of het mij niks aangaat, maar ik ga mooi mee.

Fleur controleert voor het laatst alle hokken als de telefoon gaat.

'Neem jij even op?' vraagt Fleur. 'Dat is vast Hugo. Zeg maar dat we iets later thuiskomen.'

Denise rent naar de telefoon. 'Hallo, Hugo!' roept ze door de hoorn. 'Weet je wat ik voor stoms heb gedaan?'

'Hugo?' vraagt een stem. 'Pardon, dan heb ik verkeerd gedraaid. Ik moet het asiel hebben.'

'O, sorry, daar spreekt u mee,' zegt Denise. 'Kan ik iets voor u doen?'

'Ja,' zegt de vrouw. 'Ik woon tegenover basisschool de Kraanvogel. Er zit de hele middag al een hond voor de school te blaffen. Ik heb hem binnengehaald en in zijn halsband staat het adres van het asiel.'

'Een bruine hond?' vraagt Denise.

'Ja,' zegt de vrouw. 'En hij heet Joppie.'

'Hij is vanmiddag ontsnapt,' zegt Denise. 'Mag ik uw adres, dan komen we hem meteen halen.'

Als ze de telefoon heeft neergelegd, roept Denise blij: 'Joppie is gevonden! Hij stond voor een school. Raar, hè, wat moet hij daar nou?'

'Zo raar is dat niet,' zegt Fleur. 'Hij is vast eerst naar zijn oude huis gerend. En toen hij daar niemand aantrof, is hij doorgelopen naar de school. Ik denk dat die man een zoon of dochter heeft die Joppie altijd van school haalde.'

Denise haalt Joppies riem van de haak. Wat zal hij verdrietig zijn dat hij zijn baasje niet heeft gevonden. Ze heeft medelijden met hem.

Tigo fietst de straat in. Hij heeft de hele boulevard afgezocht, maar hij zag nergens remsporen. En niemand had iets gezien. Jammer genoeg is Rutger nog niet thuis. Tigo heeft geen zin om naar huis te gaan. Hij heeft nergens zin in.

'Ha, die Tigo!' hoort hij als hij de stoep op rijdt. 'Gaat het alweer een beetje?'

Ook dat nog, denkt Tigo. Hij heeft geen zin om te praten, hoewel hij weet dat de buurvrouw het lief bedoelt. 'Het gaat wel.'

Als hij door wil lopen, pakt de buurvrouw hem bij de arm.

'Ik heb net zoiets raars beleefd. Vanmiddag hoorde ik geblaf. Ik keek naar buiten en er stond een hond voor jullie deur. Het was net Joris. Het is dat Freek heeft verteld dat hij is verongelukt, maar anders…'

Tigo verbleekt. 'Waar is hij nu?'

'Hij rende die kant op.' De buurvrouw wijst naar de hoek.

'Maar het is onzin natuurlijk. Het kan Joris niet zijn geweest. Misschien had ik het je ook niet moeten zeggen. Nou, sterkte ermee, jongen.'

Tigo staat als versteend op de stoep. Zou het dan toch waar zijn dat Joris nog leeft? Maar als het Joris was, waarom is hij dan weggerend?

Tigo denkt na en ineens weet hij het. Joris dacht natuurlijk dat hij op school zat. Tigo keert om en racet de straat

uit. Nog geen vijf minuten later komt hij bij zijn school aan.

'Joris!' roept hij. 'Joris!'

Aan de overkant van de straat gaat een deur open. 'Zoek je je hond?' vraagt een vrouw.

'Ja,' zegt Joris.

'Er stond hier vanmiddag een bruine hond te blaffen,' zegt de vrouw.

'Had hij echt een bruine vacht?' Tigo kan zijn oren niet geloven. 'Weet u soms waar hij heen ging?'

'Ik heb hem binnengehaald en het asiel gebeld,' zegt de vrouw. 'Ze hebben hem net opgehaald. Ze zeiden dat hij vanochtend was ontsnapt.'

'Weet u ook hoe hij heette?' vraagt Tigo.

De vrouw moet even nadenken. 'Joppie,' zegt ze dan.

'Joppie?' Tigo kijkt de vrouw aan. 'Weet u het zeker? Was het geen Joris?'

'Nee,' zegt de vrouw. 'De vrouw en het meisje die hem kwamen halen noemden hem Joppie. Het was toch zo? Eens even denken. Ja, ze zeiden Joppie. Maar als je je hond kwijt bent, zou ik toch maar gaan kijken.'

Dat had de vrouw niet hoeven te zeggen. Tigo zit al op zijn fiets. Hij is ervan overtuigd dat het Joris is. Wat deed de hond anders voor zijn huis en bij zijn school? O, Jorissie, je moet het zijn, denkt Tigo, het moet.

Hij racet de stad door. Buiten adem komt hij bij het asiel aan. Hij smijt zijn fiets neer en rent naar het hek. Nee, denkt Tigo, het is niet waar! Hij voelt opnieuw aan het hek, maar het gaat niet open.

Tigo drukt op de bel. Doe open, alsjeblieft, smeekt hij. Maar hoe lang hij de bel ook indrukt, er komt niemand. Hij is duidelijk te laat. Het is zaterdagmiddag. Het asiel gaat maandag pas weer open.

Vals adres

Tigo is doodmoe als hij 's morgens wakker wordt. Hij heeft nauwelijks geslapen. De gedachte dat Joris naar hem op zoek was heeft hem in de war gebracht. Hij kan het niet verdragen dat ze zijn lieve Joris hebben opgepakt en in een hok hebben gestopt. Hij werd er gewoon ziek van, en moest ineens spugen. Hij probeerde heel zachtjes te doen, maar zijn moeder hoorde hem toch. Ze kwam meteen uit bed. Hij voelde zich zo ellendig dat hij het haar bijna had verteld. Gelukkig kon hij het nog net voor zich houden. Ze mag niet weten dat hij denkt dat Joris misschien nog leeft. Dat gelooft ze toch niet. Dan denkt ze dat hij zo overstuur is dat hij het allemaal verzint. Nee, Rutger is de enige die het weet en dat blijft zo. Rutger was net zo opgewonden als Tigo en ze hebben samen een plan bedacht. Tigo gaat maandag gewoon naar school, maar hij blijft niet over. Tussen de middag fietst hij gauw naar het asiel. Jammer genoeg kan Rutger niet mee, want die moet tegen de overblijfmoeder zeggen dat Tigo dringend weg moest. En dat is ook zo. Dus dan heeft hij niet gelogen. Hij hoopt zo dat hij gelijk krijgt en dat de bruine hond die bij hem voor de deur stond Joris is.

'Lieve Jorissie, ik kom je halen, hoor.' Tigo haalt de halsband onder zijn kussen vandaan en drukt hem tegen zich aan.

'Luister,' zegt Tigo's moeder als Tigo komt ontbijten. 'We gaan vandaag iets leuks doen. En morgen ook. Ik bel gewoon naar school dat je ziek bent. Je moet er even tussenuit. Wedden dat je daarvan opknapt?'

Tigo wordt wit van schrik. Hij wil morgen helemaal geen leuke dingen doen, hij moet naar het asiel.

Hij probeert eronderuit te komen. 'Dat kan niet. Ik moet morgen naar school.'

'Heb je iets speciaals dan?' vraagt zijn moeder.

'Ja, eh... nee.' Tigo wil niet tegen zijn moeder liegen.

'Wat bedoel je nou?'

'Ik moet morgen iets heel belangrijks doen. Ik kan niet vertellen wat het is, maar het is echt waar.'

'Je gezondheid gaat voor,' zegt Tigo's moeder. 'Je ziet er zo slecht uit en nu heb je ook nog overgegeven. Ik weet zeker dat het door de spanning komt. Wees nou verstandig en stel dat belangrijke een dagje uit.'

Help, denkt Tigo, wat moet ik nu nog zeggen om mijn moeder op andere gedachten te brengen. Van de zenuwen begint hij te huilen. 'Ik móet morgen naar school...'

'Tigo toch. Is het zo belangrijk dat je erom moet huilen?'

'Ja.'

'Dan moet je maar gewoon naar school gaan,' zegt zijn moeder.

Tigo haalt opgelucht adem.

'Maar we gaan vandaag wel een boswandeling maken,' zegt zijn moeder.

'Mag Rutger dan ook mee?' vraagt Tigo. 'Ik heb al met hem afgesproken.'
'Best. Als Rutger tenminste van pannenkoeken houdt.'
'Gaan we naar de Berenkuil?' Als zijn moeder knikt, rent Tigo naar de telefoon. Hij weet dat zijn vriend een pannenkoekenmonster is.

Tigo is niet de enige die slecht heeft geslapen. Denise heeft ook een groot deel van de nacht liggen draaien. Ze moest voortdurend aan Joppie denken. Toen ze Joppie gisteren naar het asiel terugbrachten, heeft hij de hele weg gejankt. Voordat Denise naar huis ging, heeft ze snel het adres van Joppies baas opgezocht. De hele nacht heeft ze erover nagedacht, maar nu staat haar besluit vast. Ze gaat het meisje of de jongen aan wie Joppie zo erg gehecht is waarschuwen. Het zou toch vreselijk zijn als die Joppie komt opzoeken en de hond is van verdriet weggekwijnd. Er moet iets gebeuren en daar heeft ze dat baasje bij nodig. Denise spreidt de plattegrond op de tafel uit. Ze moet in de Beukenlaan zijn. Haar vinger glijdt langzaam over de kaart, en al snel heeft ze de Beukenlaan gevonden.

'Ik ga een eindje fietsen,' zegt ze tegen Fleur. Ze pakt haar jas en vertrekt. Onderweg bedenkt ze een plan. Want wat moet ze zeggen als de man met de snor opendoet? Ze moet ervoor zorgen dat ze de jongen of het meisje te spreken krijgt. Maar hoe doe je dat? Ze weet niet eens een naam. Het is niet te hopen dat de man haar herkent, want dan gaat het alsnog mis. Voor de zekerheid zet ze haar zonnebril op. Als ze vlakbij is, haalt ze haar pet uit haar zak en trekt hem over haar hoofd. Bij een pleintje mindert Denise vaart, want hier ergens moet de Beukenlaan zijn. Ja hoor, ze ziet het naambordje al en rijdt de zijstraat in. Ze zoekt huisnummer 5, en steekt de straat over. Gelukkig staat de witte Volvo niet voor de deur, dus de kans is groot dat de man met de snor niet thuis is.

Als ze haar fiets tegen het hek zet, begint ze te twijfelen. Is het wel een goed idee? Als Fleur erachter komt mag ze nooit meer in het asiel helpen. Opnieuw ziet Denise de verdrietige ogen van Joppie voor zich, en dan weet ze het zeker. Ze mag de hond niet laten doodgaan, ze moet hem redden. En ze loopt naar de deur en drukt op de bel.

Denise kijkt verbaasd als de deur opengaat. Ze had een jongen of een meisje verwacht, of de man met de snor of een moeder, maar in de deuropening staat een oude dame.

'Dag mevrouw,' zegt Denise. 'Er moet hier een jongen of een meisje wonen, klopt dat?'

De vrouw lacht. 'Ja, hier woont wel een meisje. Een meisje van vierentachtig.'

'Was Joppie dan van u?'

'Joppie?' Het is duidelijk dat de vrouw niet weet waar Denise het over heeft.

'Joppie is een bruine hond,' legt Denise uit. 'Een man met een snor heeft hem woensdagmiddag naar het asiel gebracht. Hij heeft dit adres opgegeven, Beukenlaan 5.'

'Dit is wel Beukenlaan 5,' zegt de vrouw. 'Maar hier woont geen hond en ook geen man met een snor.'

'Hij heeft een witte Volvo,' zegt Denise. 'En hij draagt een leren jack.'

'Nee, meisje, ik moet je teleurstellen. Ik ken iedereen in deze straat, maar niemand heeft een witte auto. En er woont ook geen bruine hond. Succes.'

Denise kijkt naar de dichte deur. Ze heeft het adres wel twee keer overgelezen en er stond echt Beukenlaan 5. Dat betekent dat de man een vals adres heeft opgegeven. Waarom zou hij dat hebben gedaan? Hoe moet ze dat meisje of die jongen nu vinden?

De enige oplossing is dat ze naar die school gaat. Maar dan zal de directeur haar toestemming moeten geven om de klassen rond te gaan. En als dat baasje daar nou niet op school zit? Hoe moet het dan verder met Joppie? Ze wou dat ze nooit in het asiel was gaan helpen. Dan had ze die zielige Joppie tenminste niet gezien.

De leugen

Het is maandagochtend. Tigo zit in de klas. Om de beurt moeten ze een stukje hardop lezen. Het is een spannend verhaal, maar Tigo kan zijn aandacht er niet bij houden. Hij denkt alleen maar aan Joris. Voor de zoveelste keer kijkt hij op zijn horloge en zucht. Tjonge, wat gaat de tijd langzaam vandaag.

'Tot hier, Rutger.' De ogen van de juf glijden door de klas. 'Tigo, wil jij verdergaan?'

'Eh…' Tigo wordt rood. Hij weet absoluut niet waar ze gebleven zijn. Paniekerig kijkt hij naast zich. Rutger houdt zijn vinger bij de regel.

Als Tigo begint te lezen, moet de hele klas lachen. Tigo snapt er niks van. 'Je hebt de verkeerde bladzij voor je,' fluistert Rutger.

'Tigo toch,' zegt de juf. 'Je let niet op, hè? Ik heb je net ook al een paar keer gewaarschuwd. Kom maar vooraan zitten, dan kan ik je in de gaten houden.'

Tigo pakt zijn spullen. Het kan hem niks schelen dat hij vooraan moet zitten. Het enige wat hem interesseert is dat de ochtend zo snel mogelijk voorbijgaat. Hij ziet zichzelf al met Joris uit het asiel komen. Wat zal dat een feest zijn. Dan kan hij weer stokken in het water gooien die Joris gaat halen. En samen met zijn hond zwemmen en rollebollen over het strand... Tigo is zo in gedachten dat hij niet eens merkt dat de juf naast hem staat.

'Tigo!' De juf slaat met haar hand op Tigo's tafel. Van schrik vliegt Tigo een stukje omhoog.

'Ja, nu schrik je, hè?' zegt de juf. 'Ik zei dat je je reken-schrift moest pakken. En vanaf nu ga je opletten, anders kun je de verloren tijd tussen de middag inhalen.'

Help, denkt Tigo, dat moet ik niet hebben. Hij pakt zijn schrift en begint te rekenen. Hij heeft nog nooit zo hard gewerkt. Als de meesten pas op de helft van hun taak zijn, is Tigo al klaar.

'Je hebt het toch niet afgeraffeld, hè?' De juf bekijkt Tigo's schrift. Aan de verbazing op haar gezicht kan Tigo zien dat ze dit niet verwacht had. De sommen staan keurig onder elkaar, en alle antwoorden zijn goed.

Denise is in het asiel net een kat aan het kammen, als Fleur binnenkomt. 'Het bestuur is er. Ik ben in vergade-ring. Het zal wel een uurtje duren.'

Dat komt goed uit, denkt Denise. Dan kan zij er mooi even tussenuit piepen. Ze moet naar de school van Jop-pies baasje. 'Zo,' zegt ze tegen de kat. 'Je vachtje ziet er al veel beter uit. Straks ga ik weer verder.'

Voordat ze haar jas pakt gaat ze eerst even langs Joppie. Denise schrikt als ze de hond ziet liggen. Het lijkt wel of hij elk uur zwakker wordt. Het moet echt geen dagen meer duren voordat er verandering in komt, anders gaat het mis. En Fleur doet er ook niks aan. 'Het is te hopen dat de advertentie iets oplevert,' zei ze in de auto. En als Joppie niet wordt opgehaald? Wat moeten ze dan? Daarom moet ze zo snel mogelijk dat baasje spreken.

Terwijl ze naar buiten loopt, komt er een auto aan rijden. Op de achterbank zitten twee kleintjes. Als Denise ziet dat het de vrouw van de zandbak is, rent ze naar de auto en rukt het portier open. 'Komt u Joppie ophalen?'

De vrouw knikt lachend.

Denise kan haar wel omhelzen, zo blij is ze. Ze haalt Fleur uit de vergadering en dan neemt ze de vrouw met de kinderen mee naar Joppies hok. 'Kijk eens, Joppie, hier is je nieuwe baasje.'

Hoopvol kijkt ze naar de hond, maar die tilt niet eens zijn kop op.

'Dat beestje is er wel erg aan toe,' zegt de vrouw. 'Laten we hem maar gauw meenemen.'

'Kom maar.' Denise haalt Joppie uit het hok.

'Kijk eens wat ik voor je heb?' De vrouw houdt een hondenkoekje op haar hand, maar Joppie taalt er niet naar.

'Het komt wel goed met je.' Fleur aait Joppie.

'Zullen we dan maar?' zegt de vrouw als ze met Fleur heeft afgerekend. Met Joppie aan de lijn loopt ze het asiel uit. De kinderen huppelen er vrolijk achteraan. 'Hondje… hondje…'

Denise moet helpen, want de hond weigert de auto in te gaan. 'Kom maar.' En ze tilt hem erin.

Denise kijkt bezorgd naar Joppie die in de auto zit. Zou hij het wel redden? Hij ziet er niet bepaald vrolijk uit.

'Over een paar dagen springt hij weer rond,' zegt de vrouw. 'Je mag altijd langskomen. Jullie hebben ons adres.'

'Dat doe ik zeker,' zegt Denise.

De vrouw start de auto en rijdt weg. Denise zwaait. 'Dag, Joppie.' Dan loopt ze stilletjes naar binnen.

'Nou, ik ga gauw terug naar de vergadering, want ze wachten op me.' En Fleur loopt weg.

Ze staat al met de deurkruk in haar hand als Denise haar roept.

Fleur draait zich om. 'Zeg het maar.'

'Gebeurt het wel eens dat een hond zoveel van zijn oude baasje houdt, dat hij ergens anders nooit kan wennen?' vraagt Denise.

'Dat komt wel eens voor.' Fleur kijkt Denise aan. 'Waarom wil je dat weten?'

'Ach, zomaar.' Denise heeft geen zin om erover te praten. Ze heeft buikpijn. Misschien helpt het als ze heel hard gaat werken. En ze neemt zich voor dat alle poezen gekamd moeten zijn als Fleur klaar is met vergaderen.

Eindelijk gaat de bel. Rutger stoot zijn vriend aan. 'Succes!'

Tigo is als eerste de klas uit. Hij rukt zijn jas van de kapstok en rent de school uit. Buiten haalt hij zijn fiets van het slot en rijdt het schoolplein af. Nu gaat het bijna gebeuren, denkt Tigo, over een kwartier zie ik Joris. Hij racet door het verkeer. Maar hoe dichter hij bij het asiel komt, hoe zenuwachtiger hij wordt. Wat moet hij beginnen als Joppie niet Joris blijkt te zijn? Dat kan hij niet aan. Het is Joris wel, spreekt hij zichzelf moed in. Maar overtuigd is hij niet. Als hij een kwartier later zijn fiets tegen het hek zet, trilt hij over zijn hele lichaam.

'Hoi.' In het asiel komt Denise naar hem toe.

'Ik kom mijn hond halen,' zegt Tigo.

'Welke hond? Er zitten hier zo veel honden.' Denise wil Tigo voorgaan, maar Tigo is al bij de hokken.

'Joris!' roept hij. 'Joris, waar zit je?' Hij kijkt in alle hokken, maar Joris is er niet.

'Dat kan niet.' Tigo kijkt Denise aan. 'Hij moet hier zijn.'

'Als je zegt wat voor hond je zoekt, kan ik je misschien helpen,' zegt Denise.

'Ik zoek een bruine hond,' zegt Tigo. 'Hij zat zaterdag voor mijn school. En toen heeft een vrouw hem binnengehaald en naar het asiel gebeld. En ze hebben hem opgehaald. Ik denk tenminste dat het mijn hond is, want die is ook bruin.'

'Nee, dat kan niet,' zegt Denise. 'Joppie was weggelopen. Hij zit al een poosje in het asiel, al vanaf woensdag.'

'Woensdag? Maar dan klopt het helemaal. Ik ben Joris vanaf woensdag kwijt. Hij heeft woensdagmiddag een ongeluk gehad, dat zei Freek.'

'Het is hem niet,' zegt Denise. 'Joppie was niet aangereden.'

'Maar mijn hond misschien ook niet,' zegt Tigo. 'Want zaterdag vonden mijn vrienden zijn halsband. En die was nog helemaal gaaf. Dat kan toch niet als je onder een vrachtwagen hebt gelegen? Het was een heel erge aanrijding. Freek zei dat hij dood was.'

'Freek? Heeft die Freek soms een snor?' vraagt Denise.

Zie je wel, denkt ze, als Tigo knikt. 'En heeft hij een leren jack?' Vol spanning kijkt ze Tigo aan.

'Ja,' zegt Tigo. 'En hij rijdt in een…'

'…witte Volvo,' vult Denise aan.

'Hoe weet jij dat?' Tigo kijkt Denise stomverbaasd aan.

'Dat is hem…' zegt Denise.

'Wat bedoel je met: dat is hem?' vraagt Tigo.

'Freek is de man die Joppie kwam brengen.'

'Wát…?' Tigo verbleekt. Heeft Freek Joris zelf naar het asiel gebracht?

Net op tijd

De gedachte dat Joris nog leeft heeft Tigo helemaal in de war gebracht. Hij kan niet eens meer nadenken.

'Waar wonen die mensen?' vraagt hij. 'Ik ga meteen naar ze toe.'

'Dat kan niet,' zegt Fleur, die net uit de vergadering komt lopen. 'Die mensen hebben voor de hond betaald. Ik zal toch eerst contact met ze moeten opnemen. Maar dat doe ik pas als ik zeker weet dat je verhaal klopt. Het is het beste als je straks met je moeder langskomt.'

Denise wordt boos. 'Je kunt hem echt wel geloven. Die Freek geloofde je toch ook? En die loog wel dat hij barstte, want hij was helemaal niet allergisch. Hij heeft zelfs een hond ontvoerd.'

'Als dat zo is, is het heel erg,' zegt Fleur. 'Maar dat wil ik nu juist van zijn moeder horen.'

Zo gaat het altijd, denkt Denise. Kinderen worden nooit geloofd. 'Waarom bel je haar niet op? Dan hoef je niet helemaal naar huis.'

'Mag dat?' vraagt Tigo.

'Ga je gang.' Fleur geeft Tigo de telefoon aan.

Tigo wil het nummer intoetsen, maar hij is zo van slag

dat hij zijn eigen nummer niet meer weet.

Fleur kijkt hem onderzoekend aan en haar blik maakt hem nog zenuwachtiger. Ze denkt vast dat hij zijn nummer expres is vergeten. Het is maar goed dat Denise erbij is.

'Het geeft niks,' zegt ze. 'Ik zoek het wel voor je op in het telefoonboek. Hoe is je achternaam?'

'Houtenbos,' zegt Tigo.

Denise heeft het telefoonboek nog niet gepakt of het nummer schiet Tigo te binnen. 'Ik weet het alweer.'

'Zo gaat het nu altijd.' Denise schiet in de lach.

Tigo toetst het nummer in. Toe, mam, denkt hij, neem nou op! Hij laat de telefoon heel lang overgaan, maar er wordt niet opgenomen.

'Ze is er niet.' Zuchtend legt hij de hoorn neer.

'Weet je wat?' zegt Fleur. 'Ga maar gewoon naar school en kom na schooltijd met je moeder terug.'

Tigo kijkt Fleur geschrokken aan. Moet hij zo lang wachten? Dat houdt hij nooit uit.

'Ik wil dat hij nu naar die mensen gaat,' zegt Denise. 'Nu kan Joppie, eh… Joris nog worden gered. Vanmiddag is het misschien te laat. Hij heeft al vanaf woensdag niks gegeten.'

'Dat zou inderdaad beter zijn,' zegt Fleur. 'Maar we moeten ons aan de regels houden. Ik mag het adres niet zomaar geven.'

Denise denkt na en dan weet ze er wat op. 'Fleur?' vraagt ze. 'Mag je je wel omdraaien? Of mag dat ook niet?'

Fleur voelt al dat haar nicht weer een plan heeft bedacht. 'Ik mag me wel omdraaien,' zegt ze. 'Maar of ik dat wil is iets anders.'

'We doen een spelletje, goed? Jij moet je omdraaien. Dat heb je toch wel voor je lieve nicht over?' vraagt Denise.

'Luister, Denise,' zegt Fleur. 'Je bent echt te jong om met die mensen over de hond te onderhandelen.'

'Ja ja,' zegt Denise verontwaardigd. 'Ik was niet te jong om een huisje voor Joris te zoeken. Dan ben ik ook niet te jong om hem bij zijn baasje terug te brengen. Of wel soms?'

'Ik geef het op.' Fleur draait zich lachend om.

Denise zoekt in de computer. 'Ik heb het,' zegt ze. 'Ga je mee?' Ze haalt een plattegrond uit de la en stopt hem in haar zak.

'Denk erom, Denise.' Fleurs stem klinkt streng. 'Jullie gaan alleen maar kijken of het zijn hond is. Mocht dat zo zijn, dan neem ik contact met de mensen op.'

'Ja, baas.' Denise salueert.

'Ik wil Joris meteen meenemen,' zegt Tigo als ze buiten staan.

'Natuurlijk,' zegt Denise. 'Dat doen we ook. Maar we moeten het eerst zien te vinden.' Ze haalt de plattegrond uit haar zak en vouwt hem open. 'De Transvaalkade, even kijken...'

'Is het ver?' vraagt Tigo als Denise de plattegrond wegstopt.

'Nee. Ze wonen vlak achter het park.' En Denise stapt op haar fiets.

Dat is dichtbij, denkt Tigo. Maar het maakt hem niet echt uit. Al moest hij naar de andere kant van de wereld trappen, hij moet Joris zien.

'Ik ben zo blij dat Joris zijn baasje terugkrijgt,' zegt Denise. 'Het klinkt gek, maar het is net of het ook een beetje mijn hond is.'

'Je hebt ook wel heel goed voor hem gezorgd,' zegt Tigo.

'Nou,' zegt Denise. 'Noem dat maar goed. Ik heb hem laten weglopen.'

'Dat is nog het allerbeste wat je voor hem had kunnen doen,' zegt Tigo. 'Als ik niet van de buurvrouw had gehoord dat hij voor de deur stond, was ik nooit naar het asiel teruggegaan.'

'En nu wil ik van alles over Joris weten,' zegt Denise.

Tigo begint te vertellen. Af en toe haalt Denise de plattegrond uit haar zak om te kijken of ze goed gaan.

'En?' vraagt Tigo.

'We zijn er. Dat is de Transvaalkade,' zegt Denise en ze rijdt de kade op. 'Ze zijn gelukkig thuis. Hun auto staat voor de deur.'

Tigo's hart begint sneller te kloppen. Stel je voor dat het toch een vergissing is? Dat er straks een vreemde hond voor zijn neus staat? Denise wordt ineens ook onzeker. Ze is bang dat het allemaal toeval is. Tenslotte lopen er meer mannen met een snor en een leren jack rond.

Voor nummer 17 stapt Denise af. 'Ik doe het woord, dat is beter, want mij kennen ze.'

Achter Denise aan gaat Tigo het tuinpad op.

Als Denise de bel indrukt, houdt Tigo zijn adem in, maar er wordt niet opengedaan. Het vreemde is dat ze ook geen hond horen blaffen. Zie je wel? denkt Tigo. Joris is hier niet. Joris is niet door Freek naar het asiel gebracht. Freek heeft een hekel aan dieren, maar zoiets zou hij toch nooit doen?

'Ze zijn wel thuis.' Denise wijst naar het kamerraam dat openstaat. Voor de tweede keer drukt ze op de bel. Tigo loopt naar het raam en kijkt naar binnen.

Van schrik slaat zijn hart over. Heel zielig, in een hoek van de kamer, ligt een bruine hond. De hond ziet er zo mager en verdrietig uit dat Tigo niet zeker weet of het waar is wat hij denkt. 'Joris!' schreeuwt hij.

De oren van de hond gaan omhoog. Hij tilt zijn kop op en springt overeind. Hij springt op de stoel en dan op de vensterbank. Een bloempot klettert op de grond. En door het open raam springt Joris in Tigo's armen. Joris likt zijn baasje zo wild in zijn gezicht dat Tigo omvalt.

'Wat is hier aan de hand?' De deur gaat open en de vrouw komt naar buiten. Ze kijkt naar de kapotte bloempot. Maar dan ziet ze Tigo en Joris die samen door het gras rollen.

'Jorissie, je bent het echt.' Van blijdschap moet Tigo huilen. 'Het is zijn baasje,' zegt Denise.

De vrouw knikt. Ontroerd kijkt ze naar de twee die elkaar eindelijk hebben teruggevonden.

'Het is wel erg van de bloempot,' zegt Denise.

Maar de vrouw vindt het helemaal niet erg. 'Scherven brengen geluk,' zegt ze.

Tigo komt overeind. Hij haalt de halsband uit zijn zak en doet hem bij Joris om.

Nu komt het moeilijkste, denkt Denise. Hoe moet ik voor elkaar krijgen dat Tigo Joris meekrijgt? Maar het kost haar helemaal geen moeite om de vrouw te overtuigen. Die is veel te blij dat Joris zijn baasje heeft teruggevonden.

'Hoe denk je de hond mee te nemen?' vraagt ze.

Daar had Tigo nog niet aan gedacht. Joris is veel te zwak om het hele eind naast de fiets te rennen.

'Wacht maar.' De vrouw haalt een kistje uit de schuur en bindt het achter op Tigo's fiets.

'Durft hij daar wel in?' vraagt Denise.

Maar Joris zit al in het kistje.

'Fleur neemt nog contact met u op over het geld,' zegt Denise.

'Willen jullie nog iets drinken?' vraagt de vrouw. Maar Tigo is het hek al uit.

'We gaan naar huis.' Dolgelukkig draait hij zich om en aait Joris over zijn kop.

Het bewijs

Tigo kan niet geloven dat Joris terug is. Op de fiets draait hij zich telkens om, om te zien of het wel echt waar is.

Bij het stoplicht streelt Denise Joris' kopje. 'Je ziet er wel heel anders uit dan vanochtend.'

'Mijn moeder weet nog van niks,' zegt Tigo. 'Ze zal wel heel blij zijn.'

'Maar ze zal ook erg schrikken, omdat ze zo'n gemene vriend heeft,' zegt Denise.

'Dat gelooft ze nooit,' zegt Tigo. 'Freek ontkent alles, wedden? En ik kan niks bewijzen.'

'Jawel, hoor,' zegt Denise. 'Ik ben je bewijs.'

'Jij?' vraagt Tigo.

'Ja. Ik heb hem gezien toen hij Joris bracht. O, wacht even, hier is het postkantoor.' En Denise springt van haar fiets.

'Wat ga je doen?' vraagt Tigo.

'Jij gaat iets doen,' zegt Denise. 'Kijk eens hoe laat het is?' Tigo kijkt op zijn horloge en dan weet hij wat Denise bedoelt. Het is halftwee, de school is al begonnen. Hij moet meester Kees bellen, anders wordt de juf ongerust. Gelukkig staat het telefoonnummer op zijn overblijfpas.

Nog geen twee minuten later heeft hij meester Kees aan de lijn. Tigo had helemaal bedacht wat hij zou zeggen, maar als hij de stem van meester Kees hoort vergeet hij zelfs zijn naam te noemen. 'Joris is terug!' brult hij door de hoorn. 'Goed, hè? Hij is niet dood, hij zat in het asiel.' Meester Kees weet het meteen. Iedereen kent Joris. Hij haalde Tigo altijd van school. 'Is het echt waar, Tigo?'

'Ja,' zegt Tigo. 'Ik kom later, want ik ga eerst mama verrassen. Vertel jij het tegen de juf?'

'Oké. Gefeliciteerd, hoor.' Meester Kees legt de hoorn neer.

'Nu weet Rutger het ook,' zegt Tigo. 'En de juf en de anderen.'

80

'In deze straat wonen we.' Ze schrikken alletwee als ze de witte Volvo zien staan. Het is ook zo akelig wat er is gebeurd. Tigo vindt het best moeilijk om zijn moeder de waarheid te vertellen. Ze dacht dat ze iemand had gevonden die heel lief was. Wat zal ze teleurgesteld zijn.

'Jij blijft hier,' zegt hij tegen Denise. 'En dan...'

'Ik ken mijn rol,' fluistert Denise. 'Ga nou maar. Succes.'

Tigo doet de deur open en loopt met Joris naar binnen.

'Wát...' Tigo's moeder rolt bijna van de bank. 'Joris!' Ze doet haar armen open. Joris rent naar haar toe en likt haar gezicht. 'Tigo, wat fijn!' Moeder knuffelt Tigo. 'Hoe kan dit nu?' Ze kijkt Freek aan. 'Je zei toch...'

Freek wordt rood. 'Ja, eh... ik dacht dat Joris een ongeluk had gehad. Ik durfde het niet te zeggen, maar op het strand was ik hem opeens kwijt. Ik heb overal gezocht, dat snap je. Ik ben zelfs naar het politiebureau gegaan en daar zeiden ze dat er een hond was verongelukt. Hij was bruin en toen dacht ik...'

Moeder knikt begrijpend, maar Tigo wordt kwaad.

'Je liegt. Je bent Joris helemaal niet kwijtgeraakt. Je hebt hem zelf naar het asiel gebracht.'

'Tigo! Ik snap dat je in de war bent, maar daarom mag je Freek nog niet van zoiets lelijks beschuldigen.'

'Ik weet wel waarom hij dat zegt,' zegt Freek. 'Hij wil alleen maar dat we ruzie krijgen.'

'Helemaal niet!' roept Tigo.

'O nee?' schreeuwt Freek. 'Jij zit al de hele tijd te etteren.'

'Houden jullie alsjeblieft op met ruziemaken,' zegt moeder. 'Waar zijn we nou mee bezig? Joris is terug, daar gaat het toch om? Freek heeft zich vergist.'

'Freek heeft zich helemaal niet vergist,' zegt Tigo. 'Hij heeft Joris ontvoerd en naar het asiel gebracht. Alleen maar omdat hij toch naar die stomme camping wou. En ik kan het bewijzen ook.' Tigo doet de kamerdeur open.

'Dag, meneer.' Denise stapt naar binnen.

Nu wordt Freek krijtwit.

'Ken je deze man?' vraagt Tigo.

'Ja,' zegt Denise. 'Hij bracht Joris naar het asiel. Ik heb nog met hem gepraat en tante Fleur ook.'

Tigo's moeder kijkt naar Freek. Aan zijn gezicht ziet ze genoeg. Ze wordt rood van woede. 'Hoe heb je dit kunnen doen? Eruit, jij! Eruit!' brult ze razend.

Zonder nog iets te zeggen loopt Freek de kamer uit. De voordeur valt met een klap dicht. Op dat moment komt Joris met zijn lege etensbak de kamer in. Ze zijn meteen weer blij.

'Hoe heb je die gevonden?' vraagt Tigo.

'Hij stond bij de keukendeur,' zegt zijn moeder. 'Ik wilde hem naar de schuur brengen.'

'Niks naar de schuur, hè, Joris? Die bak hebben we gelukkig weer nodig. Kom maar gauw mee, je hebt vast reuze honger. Het is maar goed dat we het hondenvoer nog niet hebben weggegooid.' Tigo strooit wat brokken in Joris' bak.

'Hij eet!' roept Denise blij.

Binnen een paar tellen is de bak leeg. Joris kwispelt tevreden.

'Nu gaan we naar school,' zegt Tigo. 'Jij moet ook mee, Denise, want jij moet alles vertellen.'

'En ik ga ook mee,' zegt zijn moeder. 'Ik moet de ijsjes

dragen. We gaan de hele klas trakteren. En vanavond gaan we met Joris naar het strand.'

'Ja, dan gooi ik een hele grote stok voor Joris in het water.' Tigo lacht blij.

'En we gaan op het strand eten,' zegt zijn moeder.

'Lekker,' zegt Tigo. 'Dan halen we patat. Mag Denise ook mee?'

'Natuurlijk.'

'En Rutger?'

'Iedereen mag mee,' zegt Tigo's moeder. 'Behalve Freek, die wil ik nooit meer zien.'

Een paar minuten later lopen ze met Joris tussen zich in naar school. Bij de supermarkt koopt Tigo's moeder een grote doos met ijsjes.

'Jij mag als eerste naar binnen, Joris.' Tigo doet de deur van de klas open. Zodra de kinderen Joris zien, beginnen ze te juichen. Ze hadden er al op gerekend dat Tigo langs zou komen. Op het bord staat een tekening van Joris en op de tafel ligt een kluif.

Tigo geeft iedereen een ijsje. En dan zetten de kinderen hun stoel in de kring. Ze willen weten hoe het gegaan is.

'Denise mag vertellen,' zegt Tigo.

'Als ze dat durft,' zegt de juf.

Denise heeft er geen enkele moeite mee, want ze is helemaal niet verlegen. Zodra ze begint, is het muisstil.

'Ik stond voor het raam van het asiel.' Denises stem klinkt heel spannend. 'Buiten stopte een witte auto. Er stapte een man met een snor uit en een lieve bruine hond. De man deed heel zielig. Hij zei dat hij allergisch was, en daarom de hond niet kon houden. En dat hij er niet van

had kunnen slapen…' Denise kijkt de kring rond. 'En weten jullie hoe die man heette?' Denise wil de naam zeggen, maar Rutger is haar voor.
'Markies Kattenpies!' roept hij door de klas.
Nu moet iedereen lachen. Tigo kijkt naar zijn moeder, en
die lacht gelukkig ook.

Over Carry Slee

Carry Slee is een kinderboekenschrijfster die zeer geliefd is. Zij werd negen keer door de Nederlandse Kinderjury bekroond en vier keer door de Jonge Jury.

Carry Slee werd in 1949 geboren in Amsterdam. Al op jonge leeftijd was ze veel met verhalen en boeken bezig. Toen ze nog niet kon schrijven, bedacht ze verhaaltjes voor haar knuffeldieren. Ze zette haar knuffels in een kring om zich heen en las voor uit eigen werk. Op de lagere school had ze een schrift waarin ze korte verhalen en gedichten noteerde.

Na de middelbare school ging ze naar de Academie voor Woord en Gebaar in Utrecht. In 1975 slaagde ze voor deze opleiding. Ze werd dramadocent in het middelbaar onderwijs. Haar schrijverskwaliteiten kwamen toen goed van pas, want samen met haar leerlingen bedacht ze verhaallijnen waar ze vervolgens compleet uitgewerkte toneelstukken van maakte. De toneelstukken werden, vaak met groot succes, opgevoerd door de leerlingen.

Carry Slee heeft twee dochters, Nadja (1979) en Masja (1981), die haar grootste inspiratiebron vormen. Toen haar dochters nog jong waren, bedacht Carry verhalen voor hen waarin Keetje Karnemelk de hoofdrol speelde. Nadja en Masja vonden de verhalen zo leuk dat Carry Slee besloot ze naar het tijdschrift *Bobo* te sturen. Daarin werden ze gepubliceerd. Gestimuleerd door het succes van Keetje Karnemelk stortte Carry Slee zich op een boek over de belevenissen van de tweeling Rik en Roosje. Ze bood het manuscript aan bij uitgeverij Van Holkema & Warendorf, waar het in 1989 in boekvorm verscheen. Hiermee begon een succesvolle carrière. Tegenwoordig geeft ze haar boeken, ook twee boeken voor volwassenen, uit bij Uitgeverij Prometheus. Inmiddels is Carry Slee fulltime auteur en verschenen er meer dan vijftig boeken van haar hand.

Carry Slee schrijft voor kinderen van alle leeftijden. Soms zijn haar boeken gebaseerd op dingen die echt gebeurd zijn; in andere gevallen zijn de verhalen verzonnen. Carry Slee schrijft klare taal, die kinderen aanspreekt. De situaties die ze beschrijft zijn heel herkenbaar, en de personages zijn zo goed uitgewerkt dat de lezer zich er makkelijk mee kan identificeren. Haar boeken zijn altijd spannend en zo geschreven dat je ze in één keer uit wilt lezen.

Behalve onder haar eigen naam schrijft Carry Slee boeken met een meer poëtisch karakter onder het pseudoniem Sofie Mileau. Elke keer dat je de boeken leest, valt er iets nieuws in te ontdekken.

In haar boeken schuwt Carry Slee moeilijke onderwerpen als homoseksualiteit, pesten en scheiden niet. Door haar humoristische en luchtige stijl worden haar boeken echter nooit te zwaar. Ze schrijft eerlijk over het feit dat ouders twijfelen en niet altijd op iedere vraag een antwoord weten. Zo probeert zij kinderen aan te sporen om problemen op een creatieve en fantasierijke manier het hoofd te bieden.

Kijk ook op www.carryslee.nl